Daniel Bonifacius Haneberg

Abhandlung über das Schul- und Lehrwesen der Muhamedaner im Mittelalter

Anatiposi

Daniel Bonifacius Haneberg

Abhandlung über das Schul- und Lehrwesen der Muhamedaner im Mittelalter

Unveränderter Nachdruck der Originalausgabe von 1850.

1. Auflage 2023 | ISBN: 978-3-38240-192-4

Anatiposi Verlag ist ein Imprint der Outlook Verlagsgesellschaft mbH.

Verlag: Outlook Verlag GmbH, Zeilweg 44, 60439 Frankfurt, Deutschland
Vertretungsberechtigt: E. Roepke, Zeilweg 44, 60439 Frankfurt, Deutschland
Druck: Books on Demand GmbH, In de Tarpen 42, 22848 Norderstedt, Deutschland

Abhandlung

über das

Schul- und Lehrwesen

der

Muhamedaner im Mittelalter,

in der öffentlichen Sitzung der kgl. b. Akademie der Wissenschaften
zur Vorfeier des Geburtsfestes Sr. Majestät des Königs
am 27. November 1850 bruchstückweise gelesen.

von

Dr. Daniel Haneberg,

Professor an der k. Ludwigs-Maximilians-Universität.

München 1850.

Auf Kosten der Akademie gedruckt bei J. G. Weiß, Universitätsbuchdrucker.

4

glücklich schätzen, wenn ich das Bild, welches große Meister begonnen haben, auch nur um einige Züge von bleibendem Werthe zu fördern vermag, ohne es vollkommen ausführen zu können.

Das ganze Schulwesen der Muhamedaner zerfällt in zwei Gebiete; die Elementarschule steht auf der einen, der höhere Unterricht auf der anderen Seite. In beiden fehlt — das ist die allgemeinste Beobachtung, welche sich von vorneherein aufdrängt, jene Ordnung, welche in unsern durch Studienpläne und Gesetze aller Art geregelten und vom Staate streng überwachten Schulen herrscht, denn dort hat sich der Staat anfangs gar nicht, später nur wenig um die Schule gekümmert. Sie ist dort ganz und gar auf freie Antriebe gebaut und man darf wohl sagen, daß im muhamedanischen Schulwesen ein großartiger Versuch darüber vor uns liege, welche Vortheile eine möglichst weit getriebene Lehr- und Lernfreiheit darbiete und welche Nachtheile damit verbunden seien.

Der Eifer für das Lernen und Lehren steht dort, wo man von einem Schulzwang nichts weiß, zunächst mit der Religion im Zusammenhang. Die Gewalt, welche der Koran vielen Völkern geistig angethan hat, trieb sie zu dem freien Verlangen, den Koran zu lesen und rief so von selbst allenthalben

I. Elementarschulen hervor, ohne daß sie anbefohlen wurden. Wir finden nicht etwa erst in den spätern Jahrhunderten in jedem Dörfchen in oder bei der Moschee eine Schule für den ersten Unterricht; schon in den ersten Zeiten des Islam wurde dafür gesorgt, und zwar nicht bloß in Arabien und Irak, sondern auch in den Provinzen. So besucht Abu Muslim, der Begründer der abbasidischen Herrschaft, im ersten Jahrhundert der Hidschra, als Knabe in Chorasan seine Schule*). Am Ende des

---

*) Ibn Challikan nr. 382. المكتب Ich citire nach Wüstenfelds lithographirter Ausgabe.

zweiten besteht nicht bloß in Zuster in Persien eine Knabenschule, sondern der ausharrende Besuch derselben ist ohne amtliche Beaufsichtigung doch zum Gesetz geworden; denn damit ein nachmals berühmter Sufi sich früher als andere Kinder aus der Schule entfernen darf, müssen die Angehörigen mit dem Lehrer erst ein Uebereinkommen treffen. *)

Wir sehen aus diesem Falle zugleich, daß der Knabe von sechs Jahren schon in der Schule war. Die Wohlthat des Unterrichtes genoß auch der Unbemittelte, wenn eine Gemeinde sich einen Schullehrer hielt; auch Sklaven nehmen, wenigstens in einzelnen Fällen, Theil. **) Daß neben den Knaben, wenigstens in manchen Ländern, auch Mädchen die Schule besuchten, ist, obwohl es den gewöhnlichen Vorstellungen von der Zurücksetzung des Frauengeschlechtes bei den Muhamedanern widerspricht, schon aus Sadi's Gulistan zu sehen ***).

Indem der Islam in vielen und weiten Ländern tausend und tausend Elementarschulen schuf, muß man ihm sicher einen großartigen Einfluß von wahrhaft menschenfreundlicher Art zuschreiben, wenn auch der Geist, womit er diese Schulen leitete, ein strenger und zum Theil beschränkter war. Daß in den Elementarschulen ein sehr strenger Geist vorherrscht, zeigt sich vielleicht schon

---

*) Koscheiri cod. or. mon. 55. f. 23. Der häusliche Unterricht, namentlich in der Religion, unterblieb bei gewissenhaften Eltern nicht. Den berühmten Sultan Salahdin sah man mitten unter seinen Kindern, den Katechismus (عقيده) in der Hand. Ibn Chall. nr. 728.

**) Ibn Chall. nr. 335. Am Ende des dritten Jahrhunderts.

***) Buch VII. S. 147. ed. Semelet. Mädchen bekommen mit den Knaben in der Schule Ohrfeigen. In 1001 Nacht spinnt sich in der Schule zwischen einem Paar ein Liebesverhältniß an. Nach der Prophetentradition ist es auch für Musulmaninnen Pflicht, religiöses Wissen sich zu erwerben. Borhaneddin essernudschi, S. 3. ed. Caspari.

barin, daß ein sonst leutselig und menschenfreundlich gesinnter Mann wie Sadi einem wahren Orbilius plagosus von finsterem Gesichte und strenger Rede, „bei dessen Anblicke schon das Leben der Muselmanen krankte" entschieden den Vorzug vor dem nachsichtigen Lehrer giebt *).

Wenn die Züchtigungen, welche Olearius in Persien anwenden sah, und wovon er sogar einen Akt in Kupfer stechen ließ, **) nicht Einzelheiten waren, so müssen wir gestehen, daß in den muhamedanischen Elementarschulen die Philanthropie nicht zu Hause war.

Eines pädagogischen Prinzipes war man sich bei der sittlichen Erziehung insoferne bewußt, als die Gelehrten darüber stritten, ob dem Menschen etwas anerzogen werden könne, was nicht von Natur aus in ihm sei, oder ob die Erziehung lediglich eine Entwickelung der schon mit der Geburt gegebenen Anlagen sei. Angesehene Autoritäten kommen mit dem Grundsatze überein, den Sadi sogleich am Anfange seines Rosengartens von einem Könige aussprechen läßt: Ein Nicht-Mensch wird durch Erziehung kein Mensch***). Doch wirkte dieser Grundsatz nicht zum Nachtheile des Lehreifers.

Die Religion hielt aller entmuthigenden Erfahrung gegenüber den Lehreifer wach und machte dadurch die Beschränkungen gut, welche sie hinsichtlich des Umfanges des niedern Unterrichts übte.

---

*) Gulistan VII. B. S. 147. ed. Semelet.

**) Pers. Reisebeschr. S. 613.

***) Na-kes beterbieth neschewed kes. Sehr interessant ist das Experiment, welches nach Arabschah, fakihat-ul-cholafa ed. Freytag. Bonn 1832. S. 137. ff. Mahmud der Gasnevide mit einem Holzhacker anstellen ließ, den er auf der Jagd im Walde traf.

Dieſer war ſehr klein. Es galt zunächſt, den Koran ſoweit zu kennen, daß man ſeine religiöſen Pflichten nach demſelben verrichten konnte. Man lernte ihn leſen, Fähigere behielten einzelne Suren, viele das ganze Buch im Gedächtniſſe. Damit verband ſich früh die Kunſt zu ſchreiben, von wel= cher die Elementarſchulen ſogar den Namen haben*). Die Uebung im Schrei= ben erſtreckte ſich wenigſtens in den Schulen Meſopotamiens weit über das nächſte Bedürfniß.

Die durch den Jslam unterdrückte bildende Kunſt ſchien ihre Triebkraft in manigfachen Erfindungen der Schönſchreibekunſt äußern zu wollen. So= gar die trockenſten Elaborate von Muftis wurden nach dem Grade der Schönheit der Schrift gewürdigt **).

In Afrikg und Marokko ſcheint man über dieſe ärmlichen Elemente in den niedern Schulen nie hinausgegangen zu ſein. Wie dort der Schriftzug bis auf die neueſte Zeit dem uranfänglichen ſteifen kufiſchen am ähnlichſten geblieben iſt, hat man dort auch nach Jbn Chalduns Beobachtung ſich an die Norm der erſten muhamedaniſchen Schulbildung bleibend gehalten. Jn an= dern Ländern, namentlich im mauriſchen Spanien, pflegte man auch Gram=

---

*) المكتب die Bezeichnung الكتّاب könnte nach Freitags Bemerkung: „a Fi=
ruzabadio vituperatur" verdächtig ſcheinen, allein Samachſchari giebt dieſes
Wort als ſynonym mit مكتب ed. Weiſtein 1850. S. 20. und Koſcheiri,
gebraucht es i. J. 438 (1046). Allerdings könnte man die Stelle ſ. 23.
فبعثوني الى الكتاب an und für ſich überſetzen: Man ſchickte mich „zum
Buche," aber es folgt unmittelbar: مضيت الى الكتاب وتعلمت القرآن
was nur ſo überſetzt werden kann: „Jch gieng in die Schule und lernte
den Koran:" — Auch Sabi nimmt Kuttâb in der Bedeutung „Elementar=
ſchule" als guten arabiſchen Frembling in ſein perſiſches Buch auf Kuttâb,
Guliſtan B. VII.
**) Jbn Challikan nr. 604. Vgl. nr. 468. u. Slane's Bemerkungen II. 282.

matik zu lehren und diese an der Erklärung der alten arabischen Gedichte zu üben.*) In den persischen Ländern blieb zwar die arabische Grammatik in ihrem Rechte, aber man verband damit wenigstens seit dem dreizehnten Jahrhunderte das Studium persischer Dichter. Schon bei Lebzeiten Sadis zeigen die Schüler der obern Klassen, über der arabischen Syntax brütend, großes Interesse für persische Poesie. **) Seit Jahrhunderten sind dort Sadi und Hafiz, was uns Cornelius Nepos und Horaz sind.

Durch die Aufnahme dieser grammatischen Studien ward in den Elementarschulen die Alleinherrschaft des religiösen Einflusses vielfältig beschränkt.

Desto unbeschränkter waltete derselbe im Gebiete des

II. höhern Unterrichtes. Zu diesem gehörte ursprünglich bloß die Wissenschaft des aus dem Koran, der Tradition und der natürlichen Consequenz entwickelten Rechts. Diese Wissenschaft hat auch in den späteren Perioden nicht nur die erste Stelle behauptet, sondern die übrigen Zweige stets als untergeordnete und unebenbürtige in den Hintergrund zu drängen gesucht. Eine der ersten Authoritäten in der gelehrten Welt des Islam im 8. Jahrhundert ging mit Zögern daran, neben der aus dem Koran stammenden Wissenschaft des Rechts, welches die Geister gesund erhalte, auch die der Medicin anzuerkennen, welche dem Wohlsein des Leibes diene. Alles übrige sei Schulfuchserei. ***)

Diese barbarische Anschauung konnte zwar den Gang der Cultur nicht

---

*) Ibn Chaldun bei Slane, Einleitung zu Ibn Challikan t. II. S. XII.

**) Rosengarten, B. VI. S. 128. Ob die dort genannte مقدمه نحو زمخشری identisch sei mit dem eben erschienenen مقدمة الأدب, ist zweifelhaft.

***) بُلغَةُ الجلس Schafei bei Borhaneddin Sernudschi ed. Caspari S. 7.

aufhalten; *) die Philologie hatte bald, wenn auch nicht so zahlreiche Anhänger, und Bearbeiter, wie das Recht, doch wenigstens sehr begabte, und
andere Doktrinen wie die speculativen und mathematischen blieben nicht zu-
rück; aber größtentheils erschienen sie als Dienerinnen der religiösen Rechts-
kenntniß **) und eifersüchtig wachte die Religion über dem Fortbestehen ihres
mütterlichen Rechtes, gegenüber den später entwickelten Wissenschaften.

In spätern Zeiten war freilich die Oberherrschaft der mit der Religion
verwandten Doktrinen gegenüber den andern vielfältig bloß formell, denn
letztere bewegten sich oft ganz selbstständig; aber man würde einen wesentlichen Charakterzug des Lehrwesens der muhamedanischen Völker vernachlä-
ßigen, wenn man den religiösen Einfluß nicht beobachten würde.

Zugleich würde man gegen diesen ungerecht sein, wenn man ihm nur
eine beschränkende Einwirkung zuschreiben wollte. Die sonst beispiellose Ver-
breitung eines Interesses für Wissenschaft unter den muhamedanischen Völkern des Mittelalters, die Freizügigkeit, Oeffentlichkeit und lebendige Rührig-
keit ihres Lehrwesens hängt innig mit jenem Einflusse zusammen.

---

*) Vgl. Hadschi Chalfa's Uebersicht der sämmtlichen Wissenschaften in Hammers
Encyklopädie der Wissenschaften des Orients 1804. S. 1761.

**) Der Eifer für ein anderes, als theologisches Fach kleidet sich gern in ein
theologisches Motiv. So verwendete Abdallah ibn Mubarek von den
60,000 Dirhem, die der Vater ihm hinterlassen hatte, die Hälfte auf das
Studium des Rechts (فقه) und ebensoviel auf Grammatik (نحو) aber,
sagte er später, hätte ich doch die ganze Summe auf die Philologie gewen-
det, denn durch die Vernachlässigung eines einzigen Buchstabens sind die
Christen Ketzer geworden; während es nämlich im Evangelium heißt: Ich
habe Jesum geboren werden lassen: ولدت, haben die Christen gelesen:
Ich habe ihn gezeugt: ولدت. Fleischer, Cod. bibl. Lipsiens. nr. XXIII.
S. 344.

Die Religion ließ von Anfang an für den höhern Unterricht die Moschee her.

Die Moschee hat für den Muhamedaner nicht den hohen Charakter der Heiligkeit, wie dem Christen die Kirche. Er ehrt sie zwar, aber er ist nicht ängstlich in ihrer Benützung, wenn nur irgend ein frommer Zweck damit verbunden werden kann.*) Daher finden unbemittelte Reisende in ihr eine Herberge, Kranke ein Lazereth. Nicht selten diente sie der Gemeinde als Gerichtshof,**) denn auch die Rechtspflege ist etwas Heiliges. Nächst dem Gebete ist aber das Heiligste die Wissenschaft; ja diese steht hoch über der blinden Frömmigkeit***). Darum öffneten sich die Pforten der Moschee gerne zunächst für gelehrte Erörterungen über Fragen des Gesetzes. Die unermeßliche Weite der Gesetzkunde gewährte bald auch solchen Gegenständen den Eingang, welche auf den ersten Blick der Religion ferne liegen. So kam es, daß unter einem und demselben Dache die fromme Gemeinde ihre Gebete hielt und ein Philolog irgend einen Dichter erklärte. Der auch dem Abendlande hinlänglich bekannte Hariri hielt über seine eigenen nichts weniger als religiösen Dichtungen in einer Moschee zu Baßra Vorlesungen.

Jedermann sieht ein, wie sehr die Haltung von Vorträgen vor einem größern Publikum, also das höhere Unterrichtswesen, dadurch gefördert war, daß man nicht erst für Lehrgebäude zu sorgen hatte; die Religion sorgte

---

*) Da die Erziehung der Kinder überall als etwas Heiliges gilt, so darf man sich nicht wundern, daß die Kinderschulen sehr oft in der Moschee waren und sind.

**) Der berühmte Professor der Nizâmia, Abu Jshak Schirazi aß öfters in der Moschee. Nawawi S. 647 und vorzüglich 648. — Fremde bleiben in der Moschee. Ibn Chall. nr. 699. fasc. VIII. S. 4. in Mahdia. Bei Koscheiri öfters.

***) Ein einziger gewissenhafter Rechtsgelehrter (faqîh) hat mehr Gewalt über den Satan, als tausend andächtige Leute. Borhaneddin ed Caspari S. 5.

gaſtfreundlich dafür. Zwar iſt nicht jedesmal, wenn von einem Gelehrten berichtet wird, er habe an dieſer oder jener Moſchee docirt, die Sache ſo zu verſtehen, daß dieſe Vorträge unter derſelben Kuppel Statt gefunden haben, welche die Andächtigen beim Gebete bedeckte. Bei großen Moſcheen fanden und finden ſich verſchiedene Hallen und Nebengebäude, *) welche dem Lehrzwecke dienten. Aber jedenfalls hiengen ſie mit der Moſchee eng zuſammen, und ſo war durch ſie den Vorträgen der Charakter der Oeffentlichkeit und leichten Zugänglichkeit gegeben, was uns auf eine zweite Art von günſtigem Einfluſſe der Religion führt. Es gab faſt gar keine Schranke zwiſchen dem großen Publikum und dem Lehrer über irgend einen Gegenſtand. Fanden die Vorträge, was häufig der Fall war, in der wirklichen Moſchee Statt, ſo bildeten zwar die bleibenden Zuhörer einen engern Kreis **) um den Lehrer, aber jeder anſtändige Mann konnte ſich anſchließen; freilich unter der Vorausſetzung, daß der Lehrer zuſtimme, was nur in wenigen Fällen polemiſcher Gereiztheit Anſtand hatte.***)

Beinahe daſſelbe gilt von jenen Vorleſungen, welche in Sälen neben der Moſchee gehalten wurden. Man hat zwar um Erlaubniß, eintreten zu dürfen; †) manche Lehrer ſcheinen aber geradezu bei offenen Thüren geleſen zu haben. Daß der Eingang an einer Schule von Polizeidienern (طواشية)

---

*) Im Obergemache, der غرفة einer Moſchee hat ein armer Poet ſein Zimmer. Nr. 307. Ibn Chall.

**) حلقة Kazwini Cosmogr. II. S. 252—277. Ibn Challikan oft z. B. Nr. 423. Dieſer Name wird überhaupt auf das bleibende Auditorium angewendet. Nawawi S. 122. Auch S. 703.

***) Muhamed ibn Jahja verbot Jedem den Zutritt zu ſeinen Vorleſungen, welcher ſich der Meinung ſeines Gegners Buchari anſchließen würde. Ibn Chall. Nr. 727.

†) Hatimi erhält die Erlaubniß in den Hörſaal Motanabbi's einzutreten. Ibn Chall. Nr. 660.

bewacht wurde, wird als Seltenheit aus dem 14. Jahrhunderte berichtet *)
und bestätigt die Leichtigkeit des Zutrittes im Allgemeinen. Bei der Gewohnheit der Lehrer, Einwendungen **) anzunehmen, Conversationen über den
Gegenstand des Vortrages anzustellen, war jeder Docent einer Kritik aus-
gesetzt, welche auf gründliche Vorbereitung nur einen günstigen Einfluß haben konnte. Es kommen Fälle vor, daß ein noch unreifer Lehrer durch die
Erinnerungen eines in der Moschee anwesenden Gelehrten genöthigt wird, seinen Posten aufzugeben und sich erst gründlich auszubilden.***) Aber auch
die schweigende Gegenwart eines gebildeten Mannes mußte anregend und
spornend wirken. Darum können wir sagen, daß der religiöse Einfluß
die Beschränkungen, welche er mit sich führte, reichlich gut machte, und zwar
zunächst dadurch, daß er die Lehrthätigkeit in und an den Moscheen in ste-
tem Zusammenhange mit der Oeffentlichkeit erhielt.

Der stete Verkehr mit Allen und Jedem, der sich für Wissenschaft in-
teressirte, müßte unter allen Umständen anregend gewesen sein, es kommt
aber eine dem Islam eigenthümliche Erscheinung hinzu, wodurch die Anre-
gung eine Allseitigkeit erhielt, die meines Wissens ihres Gleichen in der Geschichte nicht hat. Nämlich unter den muhamedanischen Völkern herrschte ein
Reiseleben, welches jeder bedeutenden Moschee fortwährend fremde Besuche
zuführte. Würde auch die Religion keinen Anstoß zu dieser Reiselust gegeben haben, so würde sie doch durch die Stellung der Moschee zum Lehrwesen von dem Wanderleben für die Wissenschaft Gewinn zu ziehen genö-

---

*) Makrizi sah diese Einrichtung an der im 14. Jahrhunderte gegründeten
Naßiriah in Kairo. S. Hamaker specimen Catalogi. S. 64.

**) Selbst ein Prediger konnte unterbrochen werden. Ibn Chall. Nr. 378. Ein-
wendungen anderer Art Nr. 372. Mitten im Vortrage Nr. 610. Unten
das Nähere.

***) Während Anbari seinen Schülern diktirt, ist Darakutni zugegen, ohne ihn
zu unterbrechen. Ibn Chall. Nr. 653.

thigt haben. Sie hatte aber unmittelbaren Antheil. Vermöge der Wallfahrts-
pflicht mußten von den fernsten Landen viele lernbegierige und oft gebildete
Männer nach Mekka gehen. Wer vom fernen Osten diesen Weg machte, kam
ohnehin über die Schulen Bagdads, und nachdem er einmal so weit gegan-
gen war, konnte er sich's nicht versagen, die Lehrer in Damaskus, manchmal wohl auch die in Egypten zu hören. Ebenso gieng es dem von Afrika
und dem ganzen Magrib kommenden mit den Schulen im Osten.

Zu diesem religiösen Antriebe kommen in besonders wichtigen Fächern
Beweggründe, welche mit der Natur des Gegenstandes zusammenhiengen.
Das war namentlich in dem Zweige der Ueberlieferungskunde der Fall. Die
Aussprüche und Handlungen Muhameds, welche als Maaß der religiösen
Pflichten gelten sollten, wuchsen zu einem immer breitern Strome an; man
kam absichtlichen Fälschungen auf die Spur, indem z. B. ein Jude eine
ganze Sammlung erdichteter Traditionen in Umlauf setzte *), man fand sich
genöthigt, einzelne Sammler für lügenhaft zu erklären, wie Schaskuni **);
selbst solche, die sich auf große Reisen beriefen ***). Darum unternahmen
Männer, welche für den Islam begeistert und zugleich gewissenhaft waren,
die mühevollsten Reisen nach allen Weltgegenden, wo irgend ein Fundort
von Traditionen sein konnte. Die Aufopferungen unserer kühnsten Natur-
forscher mögen allein im Stande sein, den mühevollen Eifer jener alten
Sammler anschaulich zu machen. Den berühmten Buchari trieb der Eifer
dieses Sammelns aus seiner Heimath im heutigen Turkestan nicht nur nach
Bagdad, wo zu seiner Zeit die Wissenschaft am glücklichsten blühte, sondern
bis über das mittlere Arabien hinab, dann wieder nach Egypten und Syrien.
Obwohl er tausende von gehörten Traditionen verwarf, hatte er nach 16jäh-

---

*) Dahabi. t. III. S. 21. Vgl. Rawawi S. 135.

**) Daf. cl. VIII. Nr. 81. p. 22.

***) Abu Abballah. Daf. t. III. Nr. 29. S. 7.

riger Wanderung doch 60,000 beisammen *). Ein Abulkasem hörte 1300 Sprüche und nahm sich auf seinen Reisen sogar die Mühe, 80 Frauen über Traditionen auszukundschaften **). Die biographischen Werke von Jbn Challikon, Navavi und Dehabi sind reich an ähnlichen Beispielen, welche insgesammt uns einen hohen Begriff von der mühevollen Begeisterung für Reisen aus religiösem Forschereifer geben.

Dazu gesellte sich ein Reiseeifer für philologische Forschungen ebenfalls zunächst im Zusammenhange mit religiösen Bestrebungen. Die Sprache des mittleren Arabiens stand durch den Koran als Norm da, darum bemühten sich die ältesten Philologen, möglichst mit Beduinen in Berührung zu kommen, um ihnen ihre Volkslieder abzulernen, um alle Wendungen in ihrer Sprechweise zu erlauschen und den Sprachschatz in allen Einzelheiten zu ermitteln. Bis von Indien kommen solche lernbegierige Sprachforscher. Das Verlangen mancher, unter die Kinder der arabischen Wüste zu kommen, war so groß, daß der Ueberfall von Beduinen, welche eine Karawane plünderten und die Reisenden tödteten oder gefangen führten, für sie ein Glück schien. Der Philologe Muhamed Azhari kam bei einer solchen Gelegenheit als Gefangener der Karmaten unter die Beduinen und fühlte sich dadurch beglückt ***).

Diese philologische Reiselust hängt mit dem religiösen Einflusse immer noch zusammen, denn nur die Herrschaft des Korans konnte gerade das innere Arabien zum Ziele solcher Wanderungen machen; obwohl zugestanden werden muß, daß sich allmählig ein selbstständiges Studium der Literatur

---

*) Navavi giebt eine ausführliche Biographie von Buchari S. 76. ff. Vgl. Krehl, Zeitschr. der d. morgenl. Gesch. 1850. S. 5.

**) Dahabi t. III. S. 43.

***) Ibn Chall. Nr. 650.

der Beduinen und ihrer Nachahmer und zwar mit bestimmter Lossagung von der herrschenden Koranerklärung bildete. Sicher haben aber diese sprachforscherischen Kreuz- und Querzüge dazu beigetragen, in's ganze Leben und Treiben der muhamedanischen Studenten und Lehrer jenen Wanderungstrieb zu bringen, welcher zu den hervortretendsten Erscheinungen im Schulwesen des Islam gehört. Der Jüngling, welcher in seiner Vaterstadt die Elementarkenntnisse erworben hatte, machte sich etwa mit 15 Jahren auf, hörte die Lehrer in der nächsten großen Stadt und ruhte in vielen Fällen nicht, bis er die Schulen vom Orient mit denen im Occident vergleichen konnte. Defters fiel es reifen Männern ein, sich auf gelehrte Reisen zu begeben*); auch solche, die selbst schon docirt hatten, lockte nicht selten der Ruf eines angesehenen Lehrers in ein fernes Land. Da die herrschende Sprache bei allen wissenschaftlichen Vorträgen das Arabische war, so konnte jeder Ankömmling aus dem ganzen fast unermeßlichen Umfange der muhamedanischen Länder in jeder Moschee und jedem Hörsaale verstehen und verstanden werden. So brachte das beständige Hin- und Herwandern von Lern- und Neugierigen, von Wahrheitsuchenden und Ehrgeizigen eine große Mannigfaltigkeit in das ganze Unterrichtswesen. Man brauchte keine Literaturzeitung, um neue Anschauungen zu verbreiten, die Reisenden trugen mit dem guten und üblen Rufe der Lehrer auch ihre Meinungen in weite Ferne. Auf diese Weise verbreiteten sich namentlich die geläuterten Anschauungen, welche durch das Studium griechischer Philosophen im neunten Jahrhunderte in Bagdad sich über manche theologische und psychologische Fragen geltend gemacht hatten, mit wunderbarer Schnelle und Gleichheit. Koscheiri berichtet uns, wie

---

*) Ueberhaupt ist sehr zu berücksichtigen, daß sich an den öffentlichen Vorträgen gereifte Männer, ja oft bereits sehr berühmt gewordene betheiligten. Alaschari hört den Marwazi. Ibn Chall. Nr.. 440. fasc. B. 14. Vgl. Nr. 388. 406.

Ein Privatlehrer hört zugleich Vorträge: Fleischer, codic. Lipsiens. S. 333.

im öftlichen Chorafan der erfte Bote diefer neuen Anfchauungen begrüßt wurde und wie anderfeits Mekka von einem wandernden Gelehrten, der früher dort gewefen war, nun aber in Bagdad die rohen Begriffe des früher allgemein gültigen Anthropomorphismus abgelegt hatte, es vernehmen mußte, daß in Bagdad ein neues Licht der Religionswiffenfchaft tage *).

Allerdings muß man wohl fagen, daß die nächfte Wirkung des mannigfaltigen Zufammentreffens fremder, oft weit gereifter Gelehrter eine Disputirluft hervorrief, welche möglicher Weife fehr ausarten konnte **). Die Luft, in literarifchen Wettkämpfen zu glänzen, mußte befonders dadurch genährt werden, daß mächtige Befchützer der Studien nicht felten öffentlichen Difputationen beiwohnten ***). Selbft bei folchen Solemnitäten fehlte es nicht an Beifpielen eines harten Zufammenftoffes, wie erft, wenn die Gelehrten unter fich allein waren und nur vom Geifte ihrer gelehrten Meinungen oder gar nur vom Drange partheiifcher Rechthaberei geleitet wurden. Daß fich Gegner witzig kränkten †), gehörte zu den Reizen des gelehrten Verkehres, weniger aber, daß fie ihre Anhänger zur handgreiflichen Gewaltthat aufftachelten. Die Hanbaliten, die Jünger des Gründers der vierten fogenannten orthoboren Schule, welche ihren Meifter an fanatifchem Eigenfinn von Jahrzehent zu Jahrzehent bis ins 11. Jahrhundert immer glücklicher übertrafen,

---

*) Koscheiri, cod. or. mon. 55. f. 8. b. und 7. b. Der Ausdruck ift: اسلمت اسلاما جديدا „Ich habe einen neuen Islam angenommen."

**) Man forderte in einer Mofchee die Anwefenden auf, eine beliebige Frage aus einer beliebigen Wiffenfchaft aufzuftellen, um fogleich darüber zu discutiren. Kazwini, Cosmogr. II. S. 252.

***) Ibn Chall. Nr. 599 u. Nr. 617 u. f. w.

†) Ein nettes Beifpiel giebt Ibn Chall. Nr. 20.

riefen zu Bagdad und anderwärts wiederholt blutige Händel hervor*). Bei solcher Rohheit der Gegensätze konnte freilich die Betheiligung ganzer Volksmassen an den Schulfragen des höhern Unterrichts nur ein großes Unglück sein, denn die große Menge ist selten fähig, ruhig nach Gründen zu handeln**). Das fühlten am besten jene Chalifen des abbasidischen Hauses, welche im achten Jahrhundert sich bemühten, den fatalistischen und in Beziehung auf den Koran abergläubischen Vorstellungen des Islam eine vernünftigere Wendung zu geben; sie mußten besiegt abstehen***).

Das sind die Schattenseiten der freien Oeffentlichkeit, welche in dem höhern Schulwesen der Muhamedaner vorherrschte. Man darf aber nicht vergessen, daß wenigstens die drei ersten Führer der wichtigsten Gegensätze, Abu Hanifa, Malek und Schafeï das schönste Beispiel von ruhiger, verträglicher Haltung im Vereine mit entschiedener Abweichung gelehrter Meinung und der Lehrmethode gegeben haben. Schafeï und Malek standen im freundlichsten Verkehre mit einander †) und ihr Zusammentreffen in Egypten wurde zum Vorbilde für das künftige friedliche Zusammenwirken beider Schulen in Kairo. Zwar bestand immer eine merkliche Eifersucht zwischen allen Schu-

---

*) S. Abulfeda, annal. ed. Reiske II. 359. 391. u. s. f.

**) Der Zulauf, welchen die Vorträge ausgezeichneter Lehrer hervorriefen, richtete sich ebenfalls nach Vorurtheilen. Wenn Muhamed ibn al Hassan nach Malek las, gab es ein großes Gedränge, wenn er aber nach einem andern las, war das Auditorium dünn. Navavi S. 104.

***) Freilich hatten sie der Volksmeinung Zwang und in ihrem eigenen Betragen das Beispiel der Genußsucht entgegengesetzt und so in ihren Gegnern das Bewußtsein des Märtyrerthums und der höhern Sittlichkeit stark werden lassen.

†) Ibn Challican Nr. 569. 560. 578. Navavi giebt in seiner Biographie des Schafeï S. 56 ff. das Nähere.

len, die beiden mittlern, die des Malek und Schafei hielten sich namentlich für glaubenstreuer, als die des Abu Hanifa, welche sich die Bezeichnung der rationalistischen *) gefallen lassen mußte und es galt bei allen für einen Triumph, wenn eine Schule einen ausgezeichneten Mann zu sich herüberbrachte**), aber man achtete Ueberzeugung und hielt es nur für schimpflich, um einer bessern Einnahme willen überzugehen ***) Die vielen Lehrbücher der Controverse †) bürgen für das Bestreben jeder Schule, Anhänger aus Gründen zu haben, und so werthlos an sich dieser Literaturzweig sein mag, bürgt er doch dafür, daß der Gegensatz der Schulen wenigstens eine dialektische Thätigkeit anregte. Man mußte ja immer schlagfertig und gerüstet sein, um nicht weithin unter den Muslimen zu Schanden zu werden.

Ob übrigens bei all diesem die Oeffentlichkeit im Ganzen eine günstige Einwirkung übte, muß wohl ebenso zweifelhaft bleiben, wie bezüglich einer andern Erscheinung, die mit ihr zusammenhängt — ich meine die Bevorzugung des Gedächtnisses und des Auswendigwissens. Man kann diese Erscheinung nicht mit dem Mangel an Büchern in Verbindung bringen, sonst müßte sie in den spätern Zeiten des Islam abgenommen haben. Es fehlte nicht an Büchern. Schon im ersten Jahrhunderte der Hidschra

---

*) مذهب اهل الراي Ibn Chall. 2. Auch اهل القياس Unter Sultan Alp Arslan wurde 1064 (456 d. H.) in Chorasan der Fluch über die Aschariten gesprochen. Männer wie Koscheiri flohen vor dieser Rohheit.

**) Vgl. Ibn Challikan. Nr. 612. (Nureddin). Nr. 526 (Malik el adil.)

***) Der Stifter der Nizamiah in Bagdad hatte verordnet, daß der Lehrstuhl der Philologie an dieser Anstalt stets von einem Schafeiten besetzt sein sollte. Bei einer Erledigung wird nun ein Gelehrter augenblicklich Schafeit. Ibn Chall. Nr. 565. fasc. VI. S. 80.

†) خلاف S. Ibn Chall. Nr. 616. u. 614, wo جست als besonderer Zweig der Polemik, oder Apologetik genannt ist. An der Nizamia in Bagdad war für dieses Fach ein eigener Lehrstuhl.

finden wir Gelehrte, wegen ihrer vielen Bücher von ihren Frauen ausge-
zankt *), und einer wird sogar von einer Schicht Folianten, die er auf
dem Boden kauernd um sich her aufgehäuft hat, erschlagen **). Es wurde
früh eine Sache des Ehrgeizes, viele Bücher zu haben, und nicht nur Gelehrte waren stolz darauf, sondern auch Staatsmänner. Eine baitischer Vesir
reiste nie, ohne dreißig Kameelladungen Bücher mit sich zu führen ***). Zahlreiche Abschreiber, darunter Männer von philologischer Bildung †) sorgten
für Vermehrung, manchmal auch für neue Anordnung und Verbesserung ††)
der vorhandenen und die staunenswerthe Fruchtbarkeit unzähliger Schrift-
steller für Entstehung neuer Werke. Durch Vermächtnisse und Stiftungen
entstanden an Moscheen und Schulen allerorts öffentliche Bibliotheken †††),
wovon mehrere durch die große Zahl, andre durch die Correktheit ihrer Hand-
schriften berühmt wurden. An Büchern fehlte es also nicht in den muhamedanischen Staaten; aber man mußte sich auf sein Gedächtniß verlassen
können, um an dem öffentlichen und freien Verkehr der Schulen mit Ehren
Theil nehmen zu können. Zwar sagt Samachschari, „der Ruhm des Gelehrten ist in seinen Heften, wie der Ruhm des Kaufmanns in seiner Kasse",
aber noch mehr gilt: der Ruhm des Gelehrten ist in seinem Auswendig-
wissen. Es kommt nicht selten vor, daß ein Gelehrter, der in den jüngern
Jahren den Koran von Wort zu Wort sich gemerkt, dazu eine große Anzahl
klassischer Gedichte recitiren konnte, auch noch ganze Lehrgebäude der Rechts-

---

*) Abulf. annal. I. S. 454.

**) Dschâhit حامع Abulfeda II. S. 230.

***) Ibn Chall. Nr. 451.

†) Solche nennt Ibn Chall. Nr. 408. 453. 464. 468.

††) Daf. Nr. 474.

†††) Quatremère hat im journal as. III serie. Bd. VI. über 40 Bibliotheken
Bericht erstattet, von Hammer hat ebendort, Febr. 1848 sehr bedeutende
Zusätze geliefert.

3 *

wiffenschaft *) auswendig wußte und taufende von Traditionen mit dem ganzen weitläufigen Stammregister ihrer Bürgschaften herfagen konnte, ohne sich zu irren; Merwazi konnte sich rühmen, 70,000 Ueberlieferungen wie in einem Sacke zu haben **) und Bochari konnte eine schwere Prüfung, die ihm das Mißtrauen von Gegnern auferlegte, so bestehen, daß er den Ruhm eines umfangreichen und wunderbar sichern Gedächtnisses behielt ***). Solche Ausbildung der Gedächtnißstärke war eine der hervortretendsten Wirkungen der Oeffentlichkeit, ich möchte sagen Freizügigkeit des muhamedanischen Lehrwesens.

Mit der Oeffentlichkeit des Unterrichts steht im innigsten Zusammenhange die Freiheit des Lehrens in dem Sinne, daß jeder Muselmann von anständigem Rufe ohne große Schwierigkeit als Lehrer auftreten konnte, wenn er sich dazu die Kraft zutraute. Bis zur Errichtung von Madrasa's, also bis in's 11. Jahrhundert, war nur in jenen Fächern, welche mit dem religiös sanktionirten Rechte verbunden waren, irgend ein Zusammenhang mit einem ältern Lehrer als Vorbedingung nöthig, so daß eine Art von Lehrsuccession †) bis auf Muhamed hinauf eingehalten ward, von einem Staatseramen oder einem Anstellungsdekrete war keine Rede ††). Bei solchen Doktrinen, welche der Religion fern standen, wurde gar kein Zusammenhang mit frühern Authoritäten gefordert. So trat Ibn Sina als Lehrer

---

*) Ibn Chall. Nr. 321. vgl. Nr. 325. u. 608.

**) Dahabi, Class. VIII. Nr. 19. Pag. II. S. 7.

***) Abulfeda, an. II. S. 236.

†) „Die Kette der Rechtsgelehrten" beleuchtet Navavi S. 650 und Vorrede S. 22 zunächst vom Standpunkte der Schafeiten. Ibn Chaldun (Prolegomena bei Slane, introd. zu Ibn Chall. II. XII) bemerkt, weil in Spanien die Ueberlieferung, worauf die Wissenschaft beruhe, nicht klar sei, könne man dort nur Humaniora studieren.

††) Auch Sklaven treten als Lehrer auf. Ibn Chall. Nr. 432.

der Medicin in seinem 16. Jahre auf (um 996 n. Chr.), als er sich nach
eifrigem Studium aller Bücher, deren er in Charmaitan habhaft werden
konnte und nach einiger Praxis selbst hiefür berufen fühlte *). Dagegen
entstand eine Schranke für die Lehrfreiheit dadurch, daß Niemand das Buch
eines Authors beim öffentlichen Unterrichte gebrauchen durfte, als wer von
ihm hiezu die schriftliche Erlaubniß hatte. Auch nach dem Tode des Authors mußte von den Erben seiner Authorschaft eine solche Erlaubniß ein-
geholt werden. So verschafft sich ein Gelehrter des 13. Jahrhunderts eine
schriftliche Licenz, den Sahih des Bochari, der 300 Jahre früher verfaßt
war, gebrauchen zu dürfen **). Die Söhne eines Schriftstellers hatten nur
durch ein ausdrückliches Zeugniß des Vaters das Recht, über sein Werk zu
verfügen ***), möglicher Weise war hierin ein Schüler vor den eigenen Kindern bevorzugt. Auch Frauen konnten diese Privatlicenz zum Lehren fort-
leiten †). Was zunächst von dem Gebrauche der Werke galt, erstreckte sich
auch auf die bloß gehörten Vorträge eines Lehrers, man durfte nur mit
seiner bestimmten Erlaubniß davon Gebrauch machen ††). Ein solches Zeugniß, das zunächst eine Bestimmung über das geistige Eigenthum des Lehrers
enthält, wurde natürlich zugleich ein Zeugniß der Befähigung; ich vermuthe,
daß unser Licentiat von dieser muhamedanischen Einrichtung herstammt.
Manche Lehrer waren mit der Gewährung oder Fortpflanzung dieser Licenz

---

*) S. Vita Avicennae ex Sorsano (d. h. Abu Obeid Abdalwahid el Dschord-
  schani) in Avicennae canon t. I. Venet. 1595 u. Ibn Challic. Nr. 189.
  fasc. II. S. 131.

**) Ibn. Chall. Nr. 414. Slane t. II. S. 171.

***) So die Söhne Hariri's bezüglich der Makamen. Das. Nr. 546. fasc. VI.

†) Z. B. Zeinab (Zenobia). Das. Nr. 250.

††) Selbst um die Verse eines Dichters unangefochten haben vortragen zu dürfen, verschaffte man sich eine Licenz (اجازة) Nr. 396. Vgl. Nr. 616.
  اجازل. Vgl. Hamaker, specimen catal. S. 128., mit dessen Erklärung
  der اجازة wir indessen nicht ganz übereinstimmen können.

ſehr zurückhaltend, wie Samachſchari; andere ſehr freigebig *). Von einem der letztern Art wird bemerkt: „Er bedeckte die Erde mit Zeugniſſen über Gehörtes und Licenzen zum Lehren **)." Manche Lehrer ſchrieben das Certifikat über den ertheilten Unterricht ſogleich in das erklärte Buch (Ibn Chall. nr. 448); gewöhnlich ſcheint dieſe Licenz als eigenes Certifikat mit der Unterſchrift das Datum der Ausſtellung enthalten zu haben ***).

Wie es jedem Lehrer freiſtand, ſeine eigene Lehrbefugniß einem andern zu übertragen, ſo kam es auch ihm zu, ſich einen Stellvertreter und Repetenten zu halten. Profeſſoren, welche in Jahren vorgerückt oder zugleich durch Amtsgeſchäfte in Anſpruch genommen waren, hielten ſich häufig ſolche Hülfslehrer †).

Seit der Errichtung von förmlichen Hochſchulen oder Madraſen mit beſtimmten Einkünften hatte allerdings der Stifter und deſſen Familie das Ernennungsrecht, ſo wie die Abſetzung ihm zukommt, aber auch da genoß der Lehrer in der Wahl des Gegenſtandes und der Methode große Freiheit.

---

*) Ein Privatgelehrter in Kairo bittet ſchriftlich umſonſt um eine اجازة. Daſ. Nr. 721.

**) Ibn Chall. Nr. 510. Die سماعات. طبق الارض بالسماعات والاجازات bezeugen bloß, daß man einen Lehrer gehört habe, nicht aber, daß er die Erlaubniß gegeben, das Gehörte weiter zu verbreiten.

***) Die letzte von den Biographien in Jbn Challikans Sammlung enthält Muſter.

†) Ibn Chall. Nr. 306. Navavi S. 734. u. ö. Maſud von Niſapur funktionirt in der Madreſa Nizamia zu Bagdad für Dſchowaini. Ibn Chall. Nr. 728. باب عنه نايب — Olarius kennt ſogar bei gewöhnlichen Schulmeiſtern einen Aſſiſtenten: „und iſt in jeglicher Schule nur ein Principal Molla oder Lehrmeiſter, und ein Califfa, welcher iſt des Molla collaborator und Subſtitute." Perſ. Reiſebeſchr. S. 613.

Der Staat mischte sich nur in Einem Falle ein, nämlich, wenn die Religion gefährdet schien*).

Man kann sich denken, daß auf diese Weise eine ziemliche Mannigfaltigkeit in die Lehr- und Studienordnung kam, doch war die Freiheit keine pure Willkühr. In folgenden Zügen läßt sich das Wesentliche von der Art und Weise des Lehrens zusammenfassen. In welchen Zwischenräumen der Zeit die einzelnen Vorlesungen aufeinander folgten, bestimmte kein Schulplan, sondern der Wille des Lehrers. Einige Lehrer lasen alle Tage **) andere alle Wochen einmal, namentlich Montags***); Anberi gab seine philologischen Vorträge †) Freitags. Albarawi gab täglich verschiedene Vorlesungen ††). Wurde in oder an der Moschee gelesen, so führten die Gebetszeiten eine Unterbrechung herbei †††). Regelmäßige Ferien, die an bestimmte Jahreszeiten gebunden gewesen wären, scheinen nicht gebräuchlich gewesen zu sein. Die Ausdehnung, welche der Lehrer seinem Gegenstande gab, bestimmte, so scheint es, einzig die Ferienzeit. Während in Beziehung auf diese die

---

*) Man konnte einen Lehrer vor jedem Divan über Religionsverletzung anklagen. In wichtigen Fällen behielt sich der Chalife die Entscheidung vor. So mußte der berühmte Du-n-nun aus Egypten nach Bagdad reisen, um sich vor dem Chalifen Motawakkil zu verantworten. Koscheiri cod. mon. 55. f. 13. b. Vgl. Kazwini, II. S. 94. Es geschah unter großer Theilnahme des Volkes bis zum Wasserträger herab. Koscheiri f. 162. a. Vgl. andere Fälle vom Einschreiten der Chalifen Abulfeda II. 187. Dahabi Cl. VIII. Nr. 108. — Wenn auch kein förmlicher Prozeß geführt wurde, so traf doch auch das Urtheil der öffentlichen Meinung schwer. So den Historiker Tabari. Abulfeda 345.

**) El harrani, Koranexegese. Ibn Chall. Nr. 668.

***) Daf. Nr. 413.

†) Nr. 653. مَجْلِس الإِمْلَاء.

††) Nr. 603. Um 1170.

†††) Daf. Nr. 560. fasc. VI. S. 70.

größte Freiheit herrschte, war der Vortrag selbst meistens an ein Lehrbuch
gebunden, sei es, daß der Lehrer sein eigenes anwenden konnte, oder ein
fremdes zu Grunde legte. Geübte Professoren wußten ihr Lehrbuch auswendig, so daß sie nicht in Verlegenheit geriethen, wenn sie beim Eintritte in
den Hörsaal fanden, daß sie dasselbe mitzunehmen vergessen hatten *). Der
Vortrag war langsam, so weit diktirt wurde, und das geschah oft. Es
wurde darauf gehalten, daß die Zuhörer fleißig nachschrieben. In Soluk's
Hörsaal zu Nisapur waren hiefür 500 Tintenfässer in Bereitschaft**). Manchmal mußte sich ein Zuhörer, der nicht schrieb, sogar eine Rüge gefallen lassen; doch war al Jsfaraini mit Koscheiri zufrieden, da dieser nicht schrieb,
aber den Vortrag sich vollkommen eingeprägt hatte. Der Lehrer begnügte
sich übrigens nicht damit, seine Vorträge zu halten, sondern er suchte sich
der Auffassung von Seite der Schüler zu versichern. Zu diesem Zwecke un-
terredete er sich mit ihnen, stellte Fragen an sie und veranlaßte solche. Wer
dem Pulte ***) am nächsten saß, wurde am ehesten in die Conversation mit
dem Lehrer hineingezogen. Manchmal ließ er einen Zuhörer näher sitzen, um
ihn leichter zur Conversation veranlassen zu können †). Manche Lehrer ver-
ließen während der Besprechung des Gegenstandes ihren Sitz und traten
mitten unter das Auditorium hinein. Schon einer der ältesten Lehrer des
Islam, Ezzuhri ††) zeigte durch sein Beispiel, wie man durch Besprechung
lehren müsse: Er stellte sich in Versammlungen nie hinter die Leute, son-

---

*) Ibn. Chall. Nr. 608.

**) خبر Dersf. Nr. 273. Das diktiren ملو Abulf. II. 349.

***) ساده Ibn. Ch. Nr. 600. fasc. VI. 116. Uebersetzt von Slane II. 626. —
 Wenn die Vorträge in der Moschee gehalten wurden, diente die Kanzel
 المنبر s. Nr. 373.

†) Das. Nr. 373.

††) الزهري Er starb i. J. 122 d., H. 741 n. Chr. Abulfeda I. S. 454.
 f. Vergl. Ibn Chall. Nr. 269.

dern vor fie *), er ließ in der Verfammlung keinen Knaben ungefragt, fo wenig als einen Greis oder jungen Mann, und nicht zufrieden, in der Mofchee diefes zu thun, fuchte er die Leute fogar in den Häufern auf **). Diefe Zudringlichkeit nahm fpäter eine mehr geregelte Geftalt an ***), aber fie blieb eifrigen Lehrern eigen. Darum war das Studium an den höhern Schulen nicht bloß ein Hören, fondern auch ein Durchüben der Lehre†).

Ein gereifter Lehrer hatte wenigftens feit dem 10. Jahrhunderte gewöhnlich einen eigenen Repetitor. Diefer wurde nicht felten aus dem Auditorium felbft genommen und die Repetition war für ihn zu gleicher Zeit eine Auszeichnung und Fortfetzung der Schule ††).

Der Unterricht fetzte fich über den Hörfaal hinaus dadurch fort, daß die Zuhörer den Umgang mit dem Lehrer fuchten. Daß es von diefem abhing, dem Zudrange Grenzen zu fetzen, verfteht fich von felbft, doch mußte er fich's gefallen laffen, von einem wißbegierigen Schüler fchon in aller Früh

---

*) ‏كان ياتي الجالس من صدورها ولا ياتيها من خلفها‎.

**) Navavi S. 117. Er gieng in diefes oder jenes Haus der Prophetenhelfer und fragte da fogar die alten Weibchen.

***) Es wurde ein ‏عادة التعليم‎ Nach diefer wird Riza aus der Syntax examinirt. Ibn Chall. Nr. 678. fasc. VII. S. 85.

†) Man fagt allerdings, er hörte z. B. das Recht von N. N. ‏سمع من‎. Ibn Chall. Nr. 400.

Aber die Bildung in der Rechtskunde als durch Uebung erlangt, wird ausgedrückt durch ‏فقة على‎. Daf. Nr. 5. 395. 403. Mit den Nebenbegriff der Zugrundelegung eines Lehrbuches: ‏قرأ على‎ Nr. 5. 6. 24. 392.

Ein Ausdruck, der ohne Rückficht auf das Fach die vollkommene Belehrung bezeichnet, ift: ‏أخذ‎ z. B. ‏أخذ عن‎ ‏أحذل الادب من‎. Nr. 12. ‏اخذ الفقة‎ Nr 3.

††) Der Repetitor ‏معيد‎ Ibn Chall. Nr. 606. ‏أعاد له‎ Nr. 490. 422. 442. bef. Nr. 852. fasc. XI.

zur Lösung von Zweifeln aufgefordert zu werden *). Da ein und derselbe Lehrer nicht selten zu gleicher Zeit ein Collegium für Anfänger, dann ein anderes für den wirklichen praktischen Staatsdienst las, wenn er etwa dem am zahlreichsten vertretenen Fache angehörte, und endlich noch irgend eine Reihe populärer Vorträge für das große Publikum hielt, so kann man sich denken, daß die Fragen vielfach und vielfältig waren**). Während den Jüngern die allereinfachsten Dinge unzählige Male erklärt werden mußten, wollten die oft weitgereisten alten Zuhörer irgend eine faida***) hören, oder einen künstlich erregten Zweifel gelöst haben. Das machte natürlich den Lehrern große Arbeit. Je weiter wir an den Anfang des Islam zurückgehen, desto mehr finden wir in dieser Hinsicht die Lehrer geplagt; die Mühe war um so größer, weil die Fächer noch weniger getheilt waren. So sah man am Ende des ersten Jahrhunderts den Abu—z—zinâd †) in Medinah, aus der Moschee gehen, von Schülern umdrängt, wie ein Sultan von seinem Gefolge; der Eine fragte ihn um ein religiöses Gebot, der andere um ein Rechenexempel, ein anderer um den Sinn eines Gedichtes, wieder ein anderer

---

*) Ein lästiger Frager dieser Art erhielt später den Namen: „Wechteufel." قطرب Abulfeda II. 140. Ibn Chall. Nr. 646. Der nähere Umgang mit dem Lehrer ist صحب z. B. Ibn Chall. Nr. 18. Daher die اصحاب eines Lehrers z. B. Nr. 19.

**) So z. B. Ibn Chall. Nr. 395. Nr. 603.

***) Faidah فائدة heißt eigentlich das Nützende, der Profit. Man versteht darunter irgend einen originellen Gedanken, der auch einem in dem besprochenen Gegenstande Erfahrenen nützen kann. Es ist das מלתא חדתא der Rabbinen. J. Schohba. Nr. 41.

†) Dahabi I. S. 25. ابو الزناد Er starb 131. d. H.

Kein Wunder, daß ein anderer Lehrer nach dem Berichte desselben Dahabi I. S. 40. seinen Schülern, die ihn plagten, ohne daß er ihnen etwas Ordentliches beibringen konnte, förmlich entlief und die Thüre hinter sich zuriegelte.

über eine Prophetentradition, oder irgend einen schwierigen Fall. Obwohl
später durch die Trennung der Fächer die Last vermindert wurde, und die
Professoren schon durch eine bestimmter ausgeprägte Standeswürde vor dem
Zudrange geschützt waren, so gehörte doch die Pflicht, „sich mit den Leuten
zu beschäftigen" *), zu den schwierigsten Seiten der muhamedanischen Lehrfreiheit.

Am fühlbarsten war die Lehrfreiheit hinsichtlich der Besoldung. Bis
in's eilfte Jahrhundert blieb es den Lehrern selbst überlassen, wie sie für
ihren Unterhalt sorgen wollten oder konnten. Wer sich der Wissenschaft hingab, mußte ein vermöglicher Mann sein**) oder sich an irgend einen Gönner
halten ***); er mußte ein Gewerbe treiben, oder sich um ein Amt als Kadi,
als Mufti u. dgl. umsehen. Der letztere Weg wurde von den Vertretern
der praktischen Rechtswissenschaft sehr oft eingeschlagen †). Schafeï betrieb
schon mit 15 Jahren neben seinen theoretischen Studien 'juridische Praxis ††);
manche Lehrer, wie der berühmte Imam al haramain, vereinigten zu gleicher
Zeit mehrere Aemter in sich †††). Diese Posten waren mitunter sehr ein-
träglich, ein Kadi von Aleppo ††††) bezog z. B. 100,000 Drachmen, aber es war
nicht immer leicht, sie mit einem ehrlichen Gewissen zu vereinigen. Darum

---

*) يشتغل الناس, nehme ich in diesem speciellen Sinne, ersteres vom
Lehrer, das zweite vom Schüler. Ibn. Schohbah Nr. 45. 47. 49, 51.
Ibn. Chall. Nr. 408.

**) S. z. B. Ibn. Chall. Nr. 402.

***) Daſ. Nr. 445.

†) Ibn. Chall. 3. يدرس ويفتى. Er war Professor und Mufti. Vgl. Ibn
Schohbah. Nr. 47 und 49.

††) Nawawi S. 64.

†††) Ibn. Chall. Nr. 388. Prediger und Professor zu gleicher Zeit waren Viele.
S. z. B. Ibn Schohbah Nr. 46.

††††) Wüstenfeld, Akad. d. Araber. S. 24. Nr. 392.

kümmerten sich zwar Männer wie Abu Jusuf unter Harun ar raschib*) nichts, ober wie jener Kabi von Kairwan, dessen Flüche über die Armuth Jbn Challikan erwähnt, aber gewissenhaftere flohen das Richter- und Mufti-Amt, wie Abu Hanifa, welcher lieber körperliche Mißhandlungen bulben und im Kerker sterben, als das höchst einträgliche und ehrenvolle Amt eines Oberrichters von Bagbab annehmen wollte **).

Am schlimmsten waren die Philologen baran, benn nur wenige konnten sich die Hoffnung auf eine Anstellung im Staatsbienste machen. Es blieb eine berühmte Ausnahme, baß Abu Temam, der Sammler der Hamâsa, Statthalter von Moßul wurde. Wer sich bem Stubium der Sprache und schönen Literatur hingab und mit der Stellung eines gewöhnlichen Schulmeisters oder Hauslehrers sich nicht begnügen wollte, mußte auf andere Mittel sinnen. Als Nahrungsquelle biente zunächst die Dichtkunst und zwar näher die panegyrische Lyrik. Es wird wenige muhamebanische Fürsten geben, welche nicht auf diese Weise der Gegenstand bichterischer Begeisterung geworden wären. Die Chalifen waren bis in's zehnte Jahrhundert umschwärmt von bichtenden Philologen, von da an vertheilten sie sich an die Höfe jener Herrscher, welche die Macht des sinkenden Chalifats an sich rissen.

Ein einziges Distichon konnte im Augenblicke einer glücklichen Laune ein Landgut eintragen ***), der gefeierte Herrscher bezahlte wohl auch die

---

*) Eine Probe der Hof-Casuistik von Abu Jusuf ist nicht nur den Gelehrten durch Weil's Geschichte der Chalifen II. S. 128. (vgl. Herbelot Abou-Joseph) und Jbn Challikan Nr. 834. bekannt, sondern auch durch 1001 Nacht selbst dem größern Publikum. Bb. II. S. 831 ff. der Weil'schen Uebersetzung.

**) Ein Gelehrter giebt das Kabi-Amt nach einem Tage wieder auf. Chall. Nr. 455.

***) Ibn Chall. Nr. 549. Noch reicherer Lohn Nr. 684. Hajus.

Schulden seines Dichters*), aber oft mußten sich die schönen Geister mit kleinen Geschenken begnügen; darum waren viele genöthigt, von einer großen Stadt zur andern zu ziehen, um alles Hervorragende zu besingen **). Kein Professor, der zugleich etwa als Kadi ein einträgliches Amt hatte, war sicher vor dem Schicksale, von einem wandernden Dichter besungen zu werden. Es ist schwer zu sagen, wer in vielen Fällen dieser Art übler daran war, der Besungene oder der Besingende. Etwas glücklicher gestalteten sich die Umstände eines dichtenden Philologen, wenn er einen fürstlichen Gönner traf, welcher an seinem geistreichen Umgange bleibendes Vergnügen fand. Dann mußte er aber darauf eingerichtet sein, für alle Ereignisse, die vor das Auge seines Herrn traten, irgend ein Gedicht zu wissen, oder zu verfertigen. Gut war es auch, wenn er sich auf Falken und Hunde verstand, um auf der Jagd angenehm zu sein; manchem nützte es ebenfalls sehr viel, daß sie etwas Hausarzneikunde verstanden und neben einiger Astronomie die Kunst innehatten, Scherbet zu mischen ***). Dieses elende Parasitenleben, welches die sogenannte „Wissenschaft der Fürstenunterhaltungskunde"†), sowie unzählige Blumenlesen aus Dichtern und Erzählern hervorgerufen hat, war nicht selten das Loos von solchen Philologen, die des uneinträglichen Lehrens müde waren; darum gehört es zu unserm Gegenstande. Ein und derselbe Mann trat bald als Lehrer der Philologie, bald als Lobredner oder Gesellschafter irgend eines Mächtigen auf ††).

---

*) Nr. 549.

**) In den Vorsälen der Großen schmachten die dichterischen Philologen, oft zanken sie sich wohl auch mit dem Kammerdiener. Ibn Chall. Nr. 675. Nr. 351. fasc. IV. S. 39. Nr. 676. fasc. VII. S. 80.

***) Ein Beispiel bei Ibn Chall. Nr. 451.

†) Encyklopädische Uebersicht der Wissenschaften des Orients S. 63. علم
مسامرة الملوك u. S. 256 Vgl. Hammer's Vorrede zu Flügel's Uebersetzung von Et-tsealebi's Anthologie.

††) Das gilt selbst von Motanabbi.

Ehrenvoller war die Stellung solcher Philologen, welchen die Erziehung von Prinzen anvertraut wurde, was am Hofe der Abbasiden im Oriente, wie der Omajaden in Spanien öfters geschah *).

Es gab allerdings noch eine andere Quelle, woraus Gelehrte und Lehrer Bezüge erhalten konnten; nämlich die Vesire hatten gewöhnlich einen Fond, woraus sie Unterstützungen reichten; diese waren aber oft schwer und nur mit Demüthigungen zu erlangen und sehr klein. Der berühmte Termedi bekam monatlich 4 Dirhem **).

Die Madrasen, oder Akademien, welche seit dem eilften Jahrhunderte ***) in mehreren Städten errichtet wurden, scheinen diese Gnadengehalte †) der frühern Zeit zum Maaßstabe genommen zu haben, d. h. sie waren nicht bedeutend. Wir sehen ohne Zweifel aus diesem Grunde manche Lehrer schnell wieder eine Madrase verlassen, nachdem sie kaum den Ruf dorthin erhalten haben. Diejenigen, welche länger aushielten, genossen von irgend einem Amte ihr Einkommen. Wie die Akademien in der Weise des Vortrages und dem ganzen Gange keine bedeutende Veränderung im Lehrwesen hervorgebracht haben ††), so auch in den Gehaltsverhältnissen der Lehrer, wenigstens im ersten Jahrhunderte ihres Bestehens.

---

*) S. Ibn Chall. 517.

**) Daf. Nr. 583. Abschlägige Bescheide Nr. 448.

***) Die gewöhnliche Meinung, daß die erste Madrasa مدرسة die von Nizam-ul-mulk in Bagdad errichtete (459—1066) gewesen sei, wird von Slane, in der introd. zur englischen Uebersetzung des Ibn Chall. dahin berichtigt, daß schon 418—1027 also zehn Jahre vor Ibn Sina's Tod eine solche in Nisapur in Chorasan bestanden habe.

†) وظائف Ibn Schohba Nr. 49.

††) Wir geben im Anhange eine Uebersicht des Lehrganges an förmlich eingerichteten hohen Schulen späterer Zeit. Vgl. über die spätern Besoldungen der Professoren Hammer's Geschichte des osmanischen Reichs. II. Thl. 1. Ausg.

Am wenigsten wirkte ihr Dasein auf Verbesserung der Lage der Philologen, denn nur die größten Madrasa's, wie die Nizamiah von Bagdad,
scheinen einen eigenen Lehrstuhl für Philologie gehabt zu haben und der
Inhaber desselben um 1100 muß sich nicht sehr beglückt gefühlt haben, denn
er deutete seine Lage mit den Worten eines frühern Grammatikus an:

> Grammatik und wer ihrer ist beflissen,
> Gilt minder, als in Oel getunkt ein Bissen *).

Nur Eine Gattung von Lehrern konnte überall auf ein sicheres Aus-
kommen rechnen, nämlich jene, welche einige junge Leute ganz zu sich nah-
men und für ihre vollständige Ausbildung sorgten. Was Lane in dieser Hinsicht von der Stellung der egyptischen Lehrer bis auf die französische In-
vasion sagt, gilt auch im Wesentlichen vom Mittelalter. Der Bauer, welcher
seinen Sohn einem Lehrer übergiebt, damit dieser einen Candidaten der
Staatsanstellung aus ihm mache, versorgt den Lehrer mit Lebensmitteln;
der Schüler selbst bedient den Lehrer, geht mit ihm aus, um seine Ehren-
begleitung zu bilden, nimmt seine Sandalien in Empfang, wenn derselbe
in's Bad geht, holt ihm das Nöthige vom Markte **) und bereitet ihm wohl
auch das Essen. Mit einigen solchen Schülern kann er vollkommen bestehen.
Dem Fähigsten giebt er nach einiger Zeit wohl seine Tochter zur Frau ***).

---

*) Ibn Chall. Nr. 464. Ueberdieß hatte nach der obigen Bemerkung der Stif-
ter der Nizamiah verordnet, es müsse der Professor der Philologie an dieser
Schule jedesmal Schafeit sein. Nr. 565. S. 80. f. VI.

**) Abdallah ibn Bari schickt einen Zuhörer (mitten unter der Vorlesung?) fort,
daß er ihm etwas Endivien mit der Wurzel hole. Ein des nähern Um-
ganges gewürdigter Schüler wurde wie das Kind im Hause behandelt. Ein
wohlthätiger Lehrer pflegt den erkrankten Schüler, verkauft sogar seinen
Esel, um die Heilungskosten zu bestreiten und trägt den Reconvalescenten
auf seinem Nacken. Koscheiri f. 13.

***) Ibn Chall. Nr. 374. Nr. 321. So erhielt auch Koscheiri die Tochter sei-
nes Lehrers zur Frau.

Für die Studirenden war in der ältern Zeit wenig gesorgt, man über-
ließ es ihrer Familie, ihren Unterhalt zu bestreiten. Männer, welche sich den
Studien widmeten, hatten oft ein bedeutendes Vermögen. Ob mit der Errichtung von Madrasen schon vom Anfang an Wohnungen für Studirende
verbunden waren, wage ich nicht zu bestimmen*), nach dem 13. Jahrhunderte geschah es. Die großmüthige Vorsorge für die Lernenden war, wie
es scheint, auch mit einer Erhöhung der Gehalte für die Lehrer verbunden.
Namentlich haben die Herrscher mongolischer und türkischer Abkunft die Moscheen sammt den damit vereinigten wissenschaftlichen Anstalten mit Wohl-
thaten überschüttet oder von Grund aus neugestiftet. Sogar aus den Gräbern heraus boten sie den Dienern der Wissenschaft ihre Hand, indem zahlreiche Stiftungen für Koranleser an den Gräbern von Sultanen und Ve-
siren jüngern Lehrern oder vorgerückten Studirenden zu Gute kamen**). Letztere wohnten oft in großer Zahl in Bursen, welche den Collegien der englischen Universitäten zu vergleichen sind. Die Madrasa's glichen großen Bienen-
stöcken, welche die Bestimmung hatten, den Honig der Weisheit aus tausend
Blüthen der Erkenntniß aufzunehmen.

Aber die Bienen waren vorherrschend Drohnen. Das Lehrwesen erstickte
in seinem eigenen Fette. Es ist sicher kein ungerechtes Urtheil, wenn ich
sage, daß vom 15. Jahrhunderte an die Thätigkeit der muhamedanischen
Schule erschlaffte, der großartige Verkehr stockte. Hat doch das muhame-
danische Volk das selbst erkannt und in seinem Humor die Studenten, die

---

*) Nach Kazwini, Cosmogr. II. S. 259. scheint es so. Er sagt, Ibn Sahlan
  habe für Ibn Sina (Avicena) Bücher abgeschrieben, denn er sei arm gewesen und hätte sonst die Studienkosten nicht bestreiten können, da es da-
  mals noch keine Madrasa's gegeben habe.

**) Nureddin gab bei seinen Lebzeiten den Koranlesern mit den Rechtsgelehrten
  und Sufis Almosen und Stipendien. ارباط u. s. f. Ibn Chall. Nr. 725.

Pflegekinder der Bursen saehte oder suste, d. i. die „Verbrannten" genannt, während sie früher talaba, die Suchenden, Strebenden geheißen hatten.

Darum habe ich mich auch in meiner Darstellung auf das Mittelalter beschränken wollen. Es war mir dabei nicht unbekannt, daß an den Moscheen und Collegien des türkischen Reiches auch in der spätern Zeit noch manche schöne Kraft sich regte. Man denke nur an den Bildungsgang Hadschi Chalfa's und erinnere sich, wie ein Vortrag in einer Moschee in ihm, dem jungen Offizier, das Verlangen erweckte, die Wissenschaft in ihrem ganzen Umfange zu beherrschen, wie ihn dieß Verlangen von Stadt zu Stadt, von Lehrer zu Lehrer trieb, wie er sich nicht schämte, obwohl ein angesehener Mann, der geduldige Schüler von Gelehrten und namentlich von Kasisade, zu werden, bis er der Stolz der türkischen Literatur war *). Das kam dort noch vor 200 Jahren vor.

Doch war das eben nur eine Nachblüthe. Innerlich gab sich der Verfall durch das Künstliche der Nachbildung, durch das überwuchernde Sprossen von Anthologieen, Supercommentaren zu den Commentaren, äusserlich aber durch eine steife **Ehrenabgrenzung** kund, hinter welcher der Mann nichts, der Stand Alles ist.

Auch die frühere Zeit kannte Ehrenauszeichnungen, man grüßte den Lehrer, begleitete ihn, hielt ihm den Steigbügel, wenn er sein Maulthier bestieg**) u. dgl. Besonders in der letzten Ehre sprach sich hie persönliche Hochachtung laut aus. Während der bevorzugte Schüler etwa die Leiche des geliebten Lehrers wusch***), nahm die ganze Stadt Antheil. Als der berühmte

---

*) S. (Hammer) Encyklopädische Uebersicht der Wissenschaften des Orients. S. 3 ff.
**) Vgl. Ibn Chall. Nr. 411. Nr. 582.
***) So bei Malik. Ibn. Chall. Nr. 576.

Imam al Haramein in Nisapur 478 (Sommer 1085) gestorben war, schien es nicht genug, daß die Dichter Chorasans ihn in Liedern feierten, die Kaufleute schloffen die Buden auf dem Bazar, in der Moschee brach man seine Kanzel ab, seine Schüler zerbrachen ihre Tintenfässer und Schreibrohre *). Aehnliche Auszeichnungen der Verdienste kommen öfter vor.

Auch war schon sehr früh der Stand der Gelehrten und Lehrer durch eine Amtskleidung **) ausgezeichnet. Die Erfindung derselben wird dem scharffinnigen Abu Jusuf, dem berühmten, bereits oben angeführten HofCasuisten von Harun-ar-raschid zugeschrieben ***). Da alle Stände sich durch bestimmte Abzeichen kenntlich machten, der Sufi †), wie der Soldat ††), so war es sehr natürlich, daß auch der Gelehrtenstand seine Uniform erhielt, ebenso, daß sich die einzelnen Fakultäten unterschieden †††) und daß im Ganzen durch weite Aermel ††††), lange Schleppen und ansehnlichen Faltenwurf das Ansehen des Lehrstandes dargestellt wurde.

---

*) Zugleich hielten sie, wenn ich recht verstehe, ein Jahr lang dem Gestorbenen zu Ehren Vakanz. Ibn Chall. Nr. 388. fasc. IV: S. 85. Vgl. Wüstenfeld, Akad. d. Ar. S. 31.

**) ثياب اهل‌العلم. Ibn Chall. Nr. 373. im Gegensatze zu der gewöhnlichen Kleidung.

***) Ibn Chall. Nr. 834. fasc. XI. S. 38.

†) Das. Nr. 529.

††) Das. fasc. VI. S. 139. Haffari trägt den Soldatenrock mit dem Turban der Juristen. Vgl. Nr. 274. Ehrenkleid des Vesirs Nr. 455 des Kabi.

†††) Von Ibn Sina (Avicenna) wird als Seltenheit bemerkt, daß er mit dem Schmucke der Juristen الفقها) und in's besondere mit dem Tallasan طيلسان geziert gewesen sei. Ibn Chall. Nr. 189. Das seltene Wort hängt wohl mit dem Talles טלת der Juden etymologisch zusammen, wie unser Doktormäntelchen historisch. Auch Tumart trägt den „Juristenschmuck." Nr. 799.

††††) Samachschori, goldene Halsbänder Nr. 43. واسعة اكمام Vgl. unsere Universitätskleidung.

Diese Standesauthorität trat aber später immer leerer in ihrer Aeusserlichkeit auf und rief sogar sehr beleidigende Volkswitze hervor*). Alle Aufzüge der Ulema's bei türkischen Festen waren trotz ihres großartigen Pompes nicht im Stande, die Blüthezeit der muhamedanischen Bildung zu erneuern.

Diese fällt in's 9., 10., 11. und etwa noch 12. Jahrhundert unserer Zeitrechnung.

Das Licht der Bildung ist dort wieder erloschen, um andere Länder zu erhellen. Sollte das das ewige Schicksal der menschlichen Bildung seyn? Sollte sie immer nur einer engen Gruppe von Völkern eigen seyn können? Fast möchte man das glauben, wenn man den Gang der Cultur im Ganzen übersieht. Und doch können wir uns nicht trennen von der Hoffnung, von dem Wunsche, daß die Güter mehrerer Bildung bleibend und allgemein werden.

Daß dieser Wunsch wenigstens für unser theures Vaterland kein vergeblicher sei, dafür bürgt uns, mit dem Vertrauen auf den Schutz Gottes voran, und mit der veredelnden Einwirkung der christlichen Religion, das Vertrauen auf die weise Regierung unsers geliebten Königs. Die k. Akademie feiert dessen hohes Geburtsfest als das eines erhabenen Beförderers und Beschützers der Wissenschaft mit dem herzlichen Wunsche:

Gott segne, Gott erhalte lang unsern durchlauchtigsten König Maximilian!

---

*) S. Meninski unter tailasan.

Schlußbemerkung.

Die modernen Schulen schilderte D'Ohsson, (tableau general de l'Empire Othoman t. II. 1788. (klein. Ausg.) S. 464 ff). Das Wesentliche davon ist folgendes: Es giebt

1) Oeffentliche Elementarschulen Mekteb. „Sie stehen den Kindern der Unbemittelten offen. Da lernen sie lesen und schreiben, auch Religionslehre und türkische Sprachlehre. Jede solche Schule hat eine Anzahl von Zöglingen, welche von der Moschee Wohnung und Kost erhalten. Die Vorstände Kodjea خواجه verlangen nie etwas von den Eltern, diese drücken ihre Erkenntlichkeit nach Belieben aus *)."

2) Collegien, Hochschulen Médressés (Mabrasas). Die „Médressés" des ottomanischen Reiches beschäftigen sich fast lediglich mit dem Rechte und der Theologie. „Diese Fächer werden jedoch mit Ordnung und Methode betrieben; man vertheilt sie in zehn Klassen, unter dem gemeinsamen Ausdrucke ilm, d. i. Wissenschaft: I. Grammatik Ilm-Sarf; II. Syntax Ilm-Nahhw; III. Logik Ilm Manntik; IV. Moral Ilm Adab; V. eine Art Rhetorik Ilm Meany; VI. Theologie, Dogmatik Ilm-Kelam, oder Ilm illahy; VII. Philosophie Ilm hikmeth; VIII. Recht Ilm fikihh; IX. Koranauslegung Ilm tefsir; X. Prophetentradition". Jede große Moschee hat ihre Mabrasa, einige haben deren 2 bis 4; die von Sultan Suleiman hat 5, wovon eine dem Studium der Medicin gewidmet ist. Die Moschee Sultan Muhameds hat sogar 8. „Das sind immer Gebäude von Stein, worin man

---

*) Die Muhamedaner in Indien haben die Gewohnheit, dem Lehrer auf Festzeiten eine Gabe zu schicken. Dann muß derselbe aber ein Idi (عيدى) schreiben. Qanoon-e-Islam. S. 49. u. öfter.

12 bis 30 Zimmer, Zellen oder Säle (heudjreth ﺣﺠﺮﺓ) steht. Jede von diesen ist von einem oder mehreren Studenten eingenommen, je nachdem das Collegium zahlreich besucht ist." „Diese Zöglinge führen den Namen Softa, was aus Soukhté verdorben ist, welches Wort etwas Verbranntes und im bildlichen Sinne ein geduldiges, leidendes Wesen bezeichnet. Man heißt sie auch Muïd oder Murid, das heißt Schüler *) und Danischmend, welches nur Student heißt. Instruktoren, welche den Namen Chodscha tragen, leiten ihre Studien statt der Professoren, Muderris. Diese nämlich entziehen sich, im Widerspruche mit den ursprünglichen Gesetzen gewöhnlich dieser Pflicht und begnügen sich damit, sich ein- oder zweimal des Monats zu zeigen. Früher verfügten sich die (Groß-) Muftis (zu Konstantinopel) von Zeit zu Zeit in die Collegien der Moschee Sultan-Bajesid und hielten dort öffentliche Vorträge für die mehr geförderten Softa's, indem sie sich's, nach dem Ausdrucke von Ahmed Efendy, zur Pflicht machten, diese Anstalten mit der Fackel ihrer Wissenschaft und Gelehrsamkeit zu erleuchten." S. 470. Die Bemerkungen, welche D'Ohsson über die ältesten Schulen macht, bedürfen einer Erklärung. Er schreibt den Erbauern, schon der ältesten Moscheen, das Verdienst zu, n e b e n dem Gotteshause Collegien gegründet zu haben. Dieß ist vor der Erbauung förmlicher Mabrasa's im 11. Jahrhundert nach Obigem nicht allgemein begründet. Doch mögen bei manchen Moscheen schon früh e i g e n e Gebäude für den Unterricht gewesen sein, wie umgekehrt seit der Errichtung von Mabrasa's noch immer Fälle vom Gebrauche der eigentlichen Moschee für den Unterricht vorkommen. Nehmen wir alle Arten von Schul-Lokalitäten zusammen, so ergiebt sich folgende Uebersicht:

1) Der Lehrer gab in seiner Wohnung ﺑﻤﻨﺰﻟﻪ Unterricht. Ein Fall i. J. 564 (1160) zu Ispahan. **Hamaker,** specimen Catal. S. 139.

---

*) Ueber ﻣﻌﻴﺪ Muïd sieh oben. Murid ist der Name der Sufi-Zöglinge, „der Noviz."

2) Es gab für den Elementarunterricht **Mekteb**, Kinderſchulen.

3) Für mehr Geförderte gab es Anſtalten, Ribât رباط, genannt; dieſe boten bloß Räume für Hörer und Lehrer, ohne beſondere Bezüge. Plur. ربط, **Ibn Ch.** nr. 178. In Mekka waren um 1420 außer 11 Madraſa's viele ſolche Ribat, welche zugleich arme Pilger beherbergten.

4) Sufi's benützten das Kloſter für Vorträge, ohne ſich aber von andern Lehrſälen auszuſchließen. **Ibn Chall.** nr. 670. في الخانقاه.

5) Collegien, **Madrasas**, an der Moſchee mit ihren Zellen.

6) Am dauerndſten und umfaſſendſten diente die Moſchee ſowohl für den niedern, als höhern Unterricht. Oefters kommt der Ausdruck vor: Der und der Lehrer docirte in der und der Ecke der Moſchee, manchmal heißt es, es hätten in derſelben Moſchee zwei oder mehrere Lehrer zu gleicher Zeit, jeder in einer Ecke زاوية docirt *). Dieſer Ausdruck giebt uns keine klare Vorſtellung; mir ſcheint aber eine ſolche in dem Falle dargeboten zu ſein, welchen Ibn Challikan uns aus den letzten Lebenstagen des berühmten Schafei erzählt. Als dieſer tödtlich erkrankte, erſchien einer ſeiner vorzüglichſten Schüler (in der Moſchee), um an der Stelle des Lehrers vorzutragen. Ein anderer wollte ihm dieſe Ehre ſtreitig machen. Nach einem heftigen Auftritte endete die Sache damit, daß beide in derſelben Moſchee lehrten, der erſtere unter dem nämlichen Bogen (طاق) wie Schafei; der andere ließ von dort an einen Bogen leer und ſetzte ſich in den dritten. nr. 845. **Fasc. XI.** S. 117. Wir haben uns demnach unter „der Ecke" den Raum unter einem Bogen vorzuſtellen unter Vorausſetzung der byzantiniſch-mauriſchen Bauart. الجامع kann die eigentliche Moſchee mit Einſchluß der **Madrasa** bedeuten.

---

*) **Ibn Chall.** Nr. 727. fasc. VIII. S. 98. زاوية الغربية weſtliche Ecke.

Zufälliger Weise diente die Bibliothek دار الكتاب zu Erörterungen unter den Gelehrten. S. Ibn Chall. nr. 412. So verlegt Hariri in den Bibliotheksaal von Baßra jenen philologischen Kampf, welcher die zweite Makame bildet *). Doch läßt sich darum die Bibliothek fast eben so wenig unter die Schul-Lokalitäten rechnen, wie die Kanzlei, in welcher neben unnützem Geplauder wohl auch die höhere Conversation von Gelehrten Statt finden konnte **). Die Anstalt des Chalifen Hakem in Egypten dar - ul- hikmet war etwas Vorübergehendes.

---

*) Bei Rückert die erste Mak. S. 33. Ed. Sacy S. 23.

**) Vgl. den Anfang der sechsten (Sacy S: 52) bei Rückert der fünften Makama S. 123. ديوان النظم Daß es an gelehrten Kränzchen bei wohlthätigen und gebildeten Fürsten und Besiren nicht fehlte, versteht sich von selbst. Ibn Chall. Nr. 471. 476.